글벗시선 189 송미옥 첫 시집

자연을 담다

송미옥 지음

시집을 출간하며

하얀 마음으로
까만색으로
진하게 남기고 싶었다

내가 세상에 존재하는 이유
그 물음에 조금 더
가까워질 수 있을 것 같아서
반짝 빛나던 그 찬란한 시간을

2023년 2월

차 례

제2부 생명의 소리

제3부 사색의 계절

제4부 오솔길을 걸으며

제5부 눈 내리는 날

■ 서평

제1부

숲길을 걸으며

강아지풀

어스름 녘
바람을 벗 삼아
장 보러 가는 길
길섶에 옹기종기 무리 지어
피어있는 강아지풀

바람을 타며 살랑거린다

살랑살랑
너의 귀여운 애교에
내 마음 빼앗기고

부드러운 촉감
귀 콧잔등 간지럼 태우며
어릴 적 놀이

너의 말간 미소
그 시절 동심 그립다

숲길을 걸으며(1)

아침 공기는
상큼 발랄하다

살랑살랑 스치는
바람결에 가을 향기가
묻어난다

아침 숲길을 걸으면
녹음 짙은 신록을 만난다
아침 햇살을 받으며
반짝반짝 빛난다

태양은
여름 열기를 가득 품고서
나뭇잎 사이로 스며든다

숲길 가득
풀 향기 나뭇잎 향기가
그윽하다

가을이 오는 길목이다
예쁜 단풍잎처럼
가을,
고운 빛깔로 물들고 싶다

분꽃

수줍음이 많은 그녀
한낮에는 부끄러워
꽃잎을 살짝 오므리고

해가 뉘엿뉘엿 질 무렵
연지곤지 색조 화장
곱게 바르고

어여쁘다고 뽐내며
얼굴을 내민다

다양한 꽃잎
팔색조 매력을 지닌 그녀

까만 씨앗을 만드는
동안 꽃잎 여닫으며
얼마나 아플까

어둑한 밤
화사하게 꽃등 밝히고
초롱초롱 웃는다

사랑(1)

사랑의 눈빛이
머무는 산 정상을 오를 때
숨이 차고
버겁지만
내려오는 길은 수월하다

늘 참아야 했고
사랑해야 했다

처음에는 힘들고
어려웠지만

이제는 강물처럼 흐르고 흘러
바다쯤인가 싶습니다

모두가
나를 찾기까지의 과정이었습니다

그런 과정이 없었더라면
지금의 축복
알 턱이 없었겠지요

뒤돌아보니

모두가 반석 위에 세워진
그분의 뜻이었나 봅니다

사랑하며
모든 것에 감사하며
살아가리라…

곶자왈 숲길

온몸이
하나의 감각 기관이 되어
모공마다
환희를 빨아들이는 듯하다

순수한 자연과
교감하는 선물 같은 시간

자연의 숨소리가
남아있는 곳

사람들의 발길이
많이 닿지 않는 곳이라서인지

자연 그대로의
생생함을 느낄 수 있다

자연이 그려놓은
건강한 숲
푸른 자연은 언제나 옳다

곶자왈 숲
우리가 보존하고
가꾸어야 할
우리의 소중한 자산이다

호박꽃

굽어진 길
초록 실루엣에 싸여
함박웃음 짓는 그녀
순박하게
꿈을 키우는 노랑 천사

조용히
뽐내지도 않는다
자기만의 온화한 개성
드러내지 않는다

돌 틈 사이
악조건 속에서도
결실의 꿈을 꾸는
소박한 미소

탐스럽게 주렁주렁
꿈이 영글어 간다

라르고

먼지 덮인
빛바랜 추억이 떠오른다

풍성한
수국꽃을 좋아했던 그녀

누렇게 바랜 생각 사이사이
그녀는 까칠한 향기로
내 기억 속에 남아 있다

시간은
느릿느릿 내 기억 속에서
희미해져 가고

어렴풋이 떠오르는
오랜 날의 일을 회상한다

느리게
느리게

소중한 추억 속 인연으로
아름답게 남겨 두고 싶다

여름 숲

하늘에 닿을 듯
푸르게 푸르게 무성한
숲을 이룬 싱그러운 숲길

숲속의 달큰한 향기
풀어 놓고
온몸으로 우리를 반긴다

이름 모를 새들의 하모니
발걸음 생기발랄

소곤소곤 나무들의 속삭임
정답다

세속의 상념
푸르른 그대를 보면서
다 내려놓고
지친 마음 크게 일으켜 본다

짙어져 가는 신록
달큰한 향기에

초록으로 물든 날

토끼풀꽃

풀 향기 따라
길을 나서면 지천으로
널려있는 키 작은 토끼풀꽃

너와 눈 맞춤하려면
낮은 자세로
겸손한 기쁨을 배운다

잠시 스치는
행운을 잡으려 쪼그리고
앉아 눈 부릅뜨고 찾지만
보이지 않은 행운

행운 대신
행복을 한 아름 주었었지

토끼풀꽃
아련한 추억
행복이 방긋방긋 미소 짓는다

모든 영광을

온몸으로
향기를 발하며
영혼에 은은하게 퍼지는 그녀
아름다운 백합꽃

항상
기뻐하며 즐거워하며
일하지도 않고
고민도 하지 않는다

아무도 흉내 낼 수 없게
아름답게 피어난다

긴 어둠을 헤치고 빛으로
피어나는 작은 꽃 한 송이도
그분의 멋진 솜씨가
빛을 발한다

모든 영광을 그분께 돌리며
삶을 허락하심을
감사하며 살아가리라

흰꽃나도사프란

바람결에
하늘하늘 자신이 지닌
가냘픈 미소로

내 마음
신비스러운 환희로
가득 채우고

단아하고
수수한 매력에
맑은 미소 짓게 한다

순백의 아름다움
너만큼이나
내 영혼도 맑고
깨끗하고 싶어라

순수 그대라는
아름다운 세상이 있어
고운 눈길 머뭅니다

배롱나무꽃

몽실몽실 가지마다
연분홍빛 사랑

이글거리는 태양 아래
붉은 꽃잎 물들어 간다

화르르
꽃잎이 터지더니
여름 내내 묵묵히

피고 지고 또다시 피고

온 마음 다한 열정으로
화사한 꽃등을 켠다

아름다운
목백일홍처럼
나도 오늘 꽃등을 밝힌다

신록을 보며

꽃처럼
아름다운 초록 이파리
무성한 숲을 이루고

알싸한 향기는
콧등을 간지럽히며

그 길을 걷다가 보면
설렘으로 벅차오른다

신록은 꽃이 되어
나는 행복해

인동초꽃

길 지나다가
하얗게
노랗게
코끝을 자극하는
인동초 그윽한 향기

너의 고운 향기에
가던 길 멈추고
눈빛 마주치며
향기에 푹
빠져버렸네

다른
식물들과 다정히 동무하며
줄기를 타고

마디마디
푸른 잎과 꽃을 피우며

인동덩굴
시련 속에서 피어난
아름다운 꽃

인동초
그윽한 향기가
나를 부른다

한라생태숲

숲에는 늘
이웃이 있다
아늑한 품 안에
다채로운 생명을 키우는 숲
숲속의 상큼한 공기

바람이 일 때마다
푸르름이 점점
짙어져 가는 신록

한라생태숲
구석구석 저마다의 몸짓이
파도처럼 일어서서
긴 숨을 뱉는다

바람처럼

그 어디에도
머물지 않고

구름 따라 흐르다가
물 따라 흐르다가

가벼운
바람이고 싶을 때가 있다

물빛 풀빛처럼
영롱한 마음으로

마음의 소리를 듣자
어차피 우리는 누구나
씨줄 날줄로 엮이며
살아가는 삶이 아닌가

내 본성의 심연을 향한
마음의 소리를 믿고 따라가자

지나고 보면 별것 아닐 터이니
바람처럼…

친구야

얼굴도 성격도
모든 것이 많이 다르지만
같은 동네
친구라는 고운 인연으로
만난 너와 나

그리고 몇 명 되지 않는
우리 친구들

고향 친구는
언제 만나도 반갑고
늘 편안하고
식구 같은 반가움

어릴 적 많은
추억을 함께 한 친구

각자 다른 시간 속에서
사는 우리

서로 다른 타인으로
존재하지만 서로를 응원하자

들꽃처럼 잔잔하게
살면서
또 만남이 주어지면
웃음꽃 활짝 피우자
친구야

풀잎 사랑

풀 향기 따라
길을 걸었다

뜨거운 뙤약볕 아래
미세한 바람에
출렁이는 여린 가슴

누가 가꾸지 않아도
초록초록 싱그러운 웃음
까르르 바람을 탄다

여리지만
강인한 풀잎

세상에 얼굴을
내밀고 있는 가련한 생명들

내 사랑하리라

감귤 꽃향기

초록 잎 위에 핀
하이얀 꽃 감귤꽃

제주의 오월은
감귤 꽃향기로 달달하다

다섯 개의 꽃잎이
열리면서 은은한
향기를 내뿜는다

별이 하늘에서
내려왔을까

감귤꽃은
별 모양이 된다

별이 피고
별이 지고

달콤한 감귤 열매가 열리고

오월의 우아한 신부 같은
감귤 꽃향기

장미꽃

아픈 진통 이겨내고
찬란하게 피어난
장미꽃

그녀는 멀리서 보아도
눈부시다

눈으로만
아름답게 저를
보아주셔요

저를 만지면 아파요
가시를 품고 살거든요

오월의 장미꽃
그녀는
화려하고 도도하다

초록 잎 사이에
붉은 꽃등 밝히고
방긋방긋 미소 짓는다

제2부

생명의 소리

어느 날

꽃잎은
찰나의 아름다움처럼
짧게 스쳐 지나가고
봄이 무르익어 간다

마른 가지 사이로
연둣빛 새싹
보드라운 미소 싱그럽다

햇살의 온기로
계절은 초록빛 꿈으로
피어나고

꽃에 가려져도
늘 당당한 잎새들

어느 날
잎새로 떨어질
그리움 하나

빈카

단아한 자태로
세상의
틈새 비집고
기어이 피었다

함초롬하고
단아하게 피어

보랏빛 미소로
내 작은 뜰에 와준 너

너와 마주한 시간
내 마음
어느새 보랏빛 향기로
물들다

가을 들꽃

누구도
돌보지 않아도
길섶에 자유롭게
피어있는 들꽃

여린 가슴
하늘하늘 바람에
나부끼며

거친 대지 위에
생명을 피우는 들꽃

길을 걷다 만난
잔잔한 들꽃이 향기로
말을 건넨다

작은 생명이 주는 행복

청초하고
소박한 너의 모습
내 가슴에 가득 담는다

닮고 싶은 그대
아름다움이어라

돌아온 탕자

주님을
섬기다가 자유가 그리워
아버지 집을 떠난 작은 아들
탕자

돈만 있으면 다 될 것
같은 세상

마음대로 될 것만 같았고
친구도
옆에 있을 줄 알았다

돈이 떨어진 뒤에야
죽음 직전에 정신을 차리고
돌아왔을 때

아버지는 큰 잔치를
벌이며 아들을
품어주었습니다

문을 활짝 열고 놓고
아들을 기다린 아버지

모든 부모의 마음일 것입니다

탕자는
죄에서 돌아와
주님께로 돌아오는 것을
깨닫게 해 줍니다

아들은 잃어버린 영혼을
다시 찾았습니다

지금까지
저를 붙들어 주신 주님
은혜에 감사드립니다.

명자꽃

이름이
촌스러우면 어때?
널 바라보면
나도 모르게 미소가
피어나고
마음은 환희에 넘치네

너의 은은한
화려하지 않으면서
아름다움에 빠져버리는걸

수줍은 듯
미소를 머금고 있는
조용히 너만의 존재를
드러내는 매력쟁이

뭉글뭉글 다양한 색의 너
너만 특별히 예뻐하며
탐하는 우리 시누님

어떡하니?
명자꽃
너에게 반하셨나 봐

신비한 봄

눈길
머무는 곳마다
겨우내 잠든 가지마다

몽글몽글
사륵사륵

사랑이 피어난다

선물처럼 빛나는
환한 미소

사랑스러워라

심쿵심쿵 설레는
생명의 환희

신비의 봄이다

따뜻한 말 한마디

지친
그녀를 만났다

파리한 얼굴
많이 지쳐 있었다
건강이 안 좋단다

관심을 더 가져줘야 했다는
생각이 들었다

나이테가 들어갈수록
외로움을 탄다는데

따뜻한 말 한마디가
그리운 그녀

그녀의 하소연이
마음이 아팠다

고마워하는 선한
얼굴을 보니 안쓰러웠다

코로나

오미크론 시대

누구에게나
늘 따사로운 눈빛
그런 삶이 되고 싶다

목련꽃 필 때면

우아한 꽃봉오리
하이얀 꽃등
불 밝히고

빛나는 햇살
교감하며
가지마다 그윽한 미소

목련꽃 필 때면

목련꽃 하얀 마음처럼

시간 저편
수면 위로
진한 그리움이 떠오른다

별꽃

밤하늘의
초롱초롱한 별이
내 뜨락에 떨어져
별꽃이 되어 피어났다

처마 밑
돌 틈 사이
수줍은 듯 피어
살짝궁 바라보면
나 여기 있어요

반짝반짝 윙크한다

깜찍한 너의 미소에
내 마음 어느새
별 마음이 된다

나도
반짝반짝 빛나는
별꽃 되고 싶어라

봄볕에 물들다

아픔 딛고
계절은 더욱 봄볕에 물들어

나뭇가지마다
속삭이는 두근거림

상큼한 미소 가득 머금고
수줍은 꽃망울 소담스럽다

돌 틈 사이에도
좁다란 도랑에도

초록초록 고개 내미는
싱그러운 생명

돋아나고
피어나고

설렘으로 바라보는 마음

두근두근 봄볕에
물들다

사순시기

모든 것은 향해
화해와 용서를 청하고 싶은
은총의 사순시기

성령에 이끌리어
사십일 동안 주야로 금식하신
주님

주님께서 우리를 위하여
겪어야 했던 고통의 시기를
경건한 마음으로
주님을 생각하며

회개와 기도
깨어있는 삶이 되어야겠습니다

기쁨과 은혜로운
사순시기가 되게 하소서

향기로운 봄

봄 향기를 따라
길을 나섰다

바람결에
실려 오는 향긋한 풀 내음

상큼한 쑥 향기
쌉싸름한 냉이 달래 향기

봄의
만찬이 시작되었다

새들도 재잘거리며
봄 길 따라 뽀르릉 뽀르릉

동행해 주니
생기발랄한 봄길

향기로운 봄
수줍은 새색시처럼
사뿐사뿐 걸어옵니다

매화

그녀가 웃는다
혹시 저 기다렸어요?

긴 겨울잠에서 깨어나
나뭇가지마다
꽃망울 터트리는 그녀

매화는
온갖 꽃이 피기도 전에
제일 먼저
수줍게 봄소식을 알린다

고고하고
그윽한 향기와 함께

예쁜 꽃을 보면 우리는
시름을 잊고 위로를 받는다

기다리지 않아도 찾아오는
봄처럼

아름다운 꽃을 바라보듯이
세상을 바라보자

봄

대자연의 숨결로
사방에서
생명이 깨어난다

찬 기운 속에서도
연둣빛 새싹 생명의 끈을
놓지 않고 쑥쑥 돋아나며

아지랑이 사이로
풀잎 위에 수줍게 내려앉은
온유한 햇살

살랑이는 바람마저
보태 주며

산뜻한
봄기운이
온몸으로 스며든다

아! 드디어 봄이 오는구나.

일상에서

이른 아침의 고요가
참 좋다
평화롭다

바이올린 현처럼
부드럽게 떨리는 기쁨으로
새로운 하루를
맞이한다

아침은 축복이며
하루는 선물

그러기에 영원을 향하여
내일의 낯선 시간에 이어질

오늘을 안고 사는 게
아닐까?

나를 놓치지 않기 위하여
작은 것을 지향하며

오늘 하루도
사랑으로 남으리

생명의 소리

모든 보이는 것은
모두 보이지 않는 것들로부터 나온다

바람처럼
잡히지 않는다고
아무것도 아닌 것이 아니다

겨우내 비밀스럽게
숨어있던 생명

때가 되면 싹을 틔우고
꽃을 피우기 위해 바쁘다

눈에 띄지 않아도
부지런히 움직이고
알아주지 않아도
꼭 필요한

바람처럼
햇살처럼
공기처럼

신비스러운
새 생명이 움트는 소리에
귀 기울여 본다

생명의 빛

자연의 경이로움과
아름다움은 하늘의 섭리라

빛으로
생명을 키우시는 주님

그 빛이 생명의 빛이 되어
초록을 만들었지요

열심히 양분을 머금고
초록의 열매를 맺어
가을에 우리를 먹여 살리신다

만물의 근원이시며
그 빛을 창조하신
주님께 감사하는 계절

가을이 옵니다
생명이신 주님
모든 것이 주님의 은혜요
축복입니다

오롯이
감사하면서
살아가게 하소서

음악의 향기를 찾아서

그곳에 가면
넓은 정원 구석구석은
베토벤의
전원 교향곡이 흐른다

보이차를 사이에 두고
음악의 향기 그윽하다
행복의 환희가 넘친다

음악 속에서
때론 천국과 지옥을 넘나든다

찻잔 가득히 음률이
출렁거린다

삶의 희로애락을
노래한다

보이지도 만져지지도
않는 사랑처럼 음악이 흐른다

그 감동에
우리의 마음을 씻는다

너와 나의 만남은 한
영혼이다

그래서 메마르지도 않고
외롭지도 않다

가을이 성큼 다가오다

가을이 뜨거운 태양을
밀어내고
문밖에서 서성거린다

그 새 하늘은
파랗게 물들고
뭉게구름 몽실몽실 구름 꽃
아름답다

해가 기울면
사방에서 귀뚜라미
귀뚤귀뚤 울어예고

풀벌레들의 멜로디
정겹게 들려온다

가을이 성큼 다가온 것이다

내 가슴에도
가을이 차르르 내려앉는다

맥문동

키 작은
보랏빛 요정

그늘진 곳에서도
당당한 고귀한 빛깔로
빛나는 그녀

자연이 빚어낸
몽환적인 기쁨 꽃

군락지에 가면
보랏빛 물결과
그 향기에 빠져들 거야
아마도…

제3부

사색의 계절

꽃무릇

바람이
닦아놓은
햇살 고운 날

곧게 뻗은 꽃줄기 위에
붉은 꽃잎 빼곡히 피었다

잎과 꽃이 만나지 못하는
이룰 수 없는 사랑

기다림으로
화려하게 물든 그녀

누구에게나
공평한 삶의 무게

붉게 피어있는
그리움의 꽃

숲길

아침 공기가
상큼 발랄하다

살랑살랑 스치는 바람결에
가을 향기가 묻어난다

아침 숲길을 걸으면
녹음 짙은 신록을 만난다

아침 햇살을 받으며
반짝반짝 빛나고 있다

태양은
아직도 여름 열기를
가득 품고서
나뭇잎 사이로 스며든다

숲길 가득 풀 향기
나뭇잎 향기가 그윽하다

귓가에 들려오는
자연의 소리도 경이롭다

가을이 오는 길목이다
예쁜 단풍잎처럼
나도 고운 빛깔로 물들고 싶다

제주 돌담

부드러운 곡선미가
미로처럼 펼쳐지니

향수를 느끼게 하는
제주의 아름다운 돌담

구불구불 들길을 품은 모습
울퉁불퉁 정겨운 자연을 품다

얼기설기 늘어져
손으로 밀면
무너질 것 같은 돌담

강한 태풍에도
무너지지 않는
선조들의 지혜가 가득해라

완벽을 눌러 담지 않은 모습
바람이 통하게
적당한 숨구멍

돌담은 허술해도
아름답다

제주의 운치와 매력을
담았기에 …

제주의 아픈 역사

우리나라
제일 아름다운 자연을
자랑하는 제주

슬픔과 분노로
얼룩진 역사가 있다

아름다운 자연에
반하여 제주에 살면서
제주 4.3사건을
모르고 사는 아픔

어느 날
현기영 작가님 순이 삼촌
책을 통해서
4.3사건을 알게 되었다

그 후로
제주의 사물이
새롭게 다가왔다

그날의 기억들로
지금도 공포와 두려움에 떨고 사는

제주인이 많다

역사는 금기시하고
침묵한다고 사라지지 않는다

지금은 영화 연극 오페라
등으로 많이 알려져

그분들의 아픔이 조금씩
치유되는 과정이다

약자의 이유 없는 희생
대한민국의 역사의 한 장면

제주의 역사는 나의 역사
우리들의 아픔의 역사이다

살살이꽃

두 눈이 부시도록
파아란 하늘 아래

가녀린 몸매로
가을을 알린 여인

오늘의
눈부신 행복
함께 하는 살살이 꽃

스치는 바람결에
꽃잎이 너울너울

소녀의 순정처럼
여인은 어여뻐라

소박한
행복의 선물
다소곳한 코스모스

* 살살이꽃 : '코스모스'의 순우리말

가을빛 향기

하늘이 참
아름다운 날
그래서 고운 추억으로
열어갑니다

기쁨도 슬픔도
두루두루 있는 삶이
멋진 삶입니다

계절을 느끼고
향기를 느끼고

적당한 거리에서
늘 곱게
바라봐 주는 그대

바람의 내음
저녁노을의 향기
아팠던 낙엽의 슬픔

가을빛 향기에
내 눈길이 머뭅니다

가을 편지

가을은 괜스레
마음이 감성적인
계절이다

우체통을 보면
누군가에게 편지가
와 있을 것 같은 그리움

가만히
열어 보고 싶은 설렘

어린 시절
마음 가득 정성 가득

꾹꾹 눌러 쓰던
손편지의
아련한 추억이 떠오른다

언제부터인지 사라지는
손편지의 안타까움

아름다운 정서도
메말라 가니

참 아쉽다

아련한 추억이
되어버린 시간
순수하고 정겨웠던
그 시절이 그립다

아~ 가을인가 보다

가을 마음

파아란 마음으로
깨끗한 눈빛으로
높은 하늘을 바라본다

파란 하늘에
흰 구름 두둥실 떠가더니
어느덧 물감처럼 번진다

풀 섶의 풀벌레가
하루 종일 노래한다
찌르르 찌르르르

스치는 바람결에
낭만은 숨을 쉬고
계절은 소리 없이
단풍처럼 물들어 간다

토실토실 익어가는
가을이 설렌다
가을 마음이 붉게 영글어 간다

가을 길을 걷다

볼에 스치는
갈색 바람을 따라
길을 나섰다

바스락바스락
가을이 익어간다

내 마음도 가을과 함께
깊어져 간다

삶의 무게 내려놓고
향기롭게
물들어 가는 가을

기댈 곳 없는 대지 위에
아롱다롱 단풍이
물들어 간다

나도 가을 길을
바스락바스락 걷는다

가을 열매처럼

우리의 삶은
복잡하고 혼란스럽다

불확실한 현재에
살고 있지만
그래도 계속되는 우리의 삶

겸허한 마음으로
나와 타인과
세상을 받아들인다

가기 어려운 길일수록
그 과정에서
얻어지는 것은 많다

묵묵히 걸어가는
길일수록
기다린 만큼의 결실은
자연스럽게 따라온다

가을 열매처럼

사색의 계절

가을이 깊어간다

들꽃이 떨어진 자리마다
가을이 익어간다

아픔을 견디며
열매는 알알이 익어간다

신비로운 자연
계절은 돌고 돌아
바람 소리가
구석구석에서 들린다

잠시 내면을 들여다본다
낙엽처럼 가벼운 영혼으로
사색의 가을에
잠기어 봅니다

핑크뮬리

깃털처럼 부드럽고
가벼운 몸짓

핑크빛 안개 속으로
신비스러운 빛깔

바람에 살랑살랑
은은한 향연은
나의 눈을 멀게 한다

자연이 빚어놓은
몽환적인 가을 풍경

여리여리한
핑크빛 사랑 영롱하게
피었다

만추

가을이 일렁인다
마지막 몸부림인가

찬란한 햇살을 머금는
자연의 눈부신 변화
계절의 향기를 맡는다
기쁨도
슬픔도
설렘도 무르익는다

절정에 이르는
붉은 가을에

마음의 빛깔도
풍성하게 채워질 것이다

시월의 새벽

어둡던 공기가
내려앉아 마음을 고요히
채우는 시간
은혜롭다

어디선가 들려오는
작은 생명의 숨소리

새벽이 가져다준
생명의 맑은 울림

언제 들어도 마음에
위안을 주는 자연의 화음
잔잔하게 흐른다

창문 틈으로
희미한 여명이 밝아오며
설레는 하루가 시작된다

잠시 머물다 떠나는
이 가을을 절절하게 느끼고
사랑하리라

가을 속으로

쓸쓸히
옷깃을 여미게 하는
낙엽이 지는 가을

무거운 짐 내려놓고
가볍게 낙엽 구르는 소리
우수의 빛깔로 채색한다

마음도 계절과 함께
깊어간다

무르익어가는 열매처럼
향기롭게 익어가는
가을

가을 속으로
고운 빛깔 안에
물들고 싶어라

늦가을 낙엽은 지고

싱그러웠던
봄은 다 가고
짙푸르던 여름도 지나고
시간이 훑은 자국으로
하혈한 이파리들이

가볍다가
가볍다가

가장 낮은 곳으로 후드득
내려와 낙엽 되어 뒹군다

갈 곳이 있는 낙엽을 보면서
갈 곳을 잃은 사람들을 생각한다

바닥에 뒹굴고
밟혀 으스러져도

언제나
낮은 곳에 있는 너의
사랑을 보았어

겨울이 오는 소리

서늘한 바람이 불어온다

낙엽은 길 잃은 영혼처럼
거리를 배회하듯
흐느끼며
시린 겨울 냄새가 난다

계절을 느끼고
향기를 느끼며

떠남은
또 다른 시간과의
만남이 있는
설렘의 시간

변화하는 계절 속에서
나는 한 뼘이나 성장한 걸까
나에게 묻고 싶다

창 너머
겨울이 스산하게 걸어오는
소리 들린다

당신 안에서

세상을
살아가는 동안
당신을 만나지 못했다면
저는 지금
축복을 누리며 살지 못했을 겁니다

사계절을
우리에게 선물로 주시고
그 선물을 마음껏 누리며
살아갑니다

나의 발걸음 하나
나의 마음속을 훤히
꿰뚫고 계시는 당신

함부로
말하지 않고
행동하지 못하는 것은
당신이 저의 주인이기
때문입니다

모든 만남은
제 자신을 비추는 거울입니다

인생의
사계절을 당신께서
가르쳐 주셨습니다
지혜도 주셨습니다

세상 끝나는 그 날까지
당신과 함께 하겠습니다

사랑합니다

가을을 보내며

찬란했던 가을이
서서히 기울고 있다

시린 바람 흔들리는
나뭇가지 끝에서

애처로이
떨고 있는 힘든 매달림이
외롭습니다

기댈 곳 없는 허공에서
떨리는 숨결은
긴 한숨을 내어쉽니다

가볍게 내려앉은 가을

희망과 설렘으로
새롭게 태어나기를 소망하며

움츠리며
떨고 있는 가을 한 조각
꼬옥 안아봅니다

노을

하루해가
기울기 전에
찬란한 빛은 구름의
선을 그리고
자연을 따스하게 감싸주며
나의 시선을 끌어당긴다

저 경이로운
노을 속으로
빠져들고 싶다

광활한 빛은
나를 도끼로
머리를 후려치는 듯

망상은
집어던지고
오늘 이 순간에 집중하자

저 황홀한 자연에
빠져들고 싶지만
똑바로 살아가련다

제4부

오솔길을 걸으며

인연

찬바람이
옷깃을 스치고

세상에 태어나서
살아가는 시간 속에

사계절을 보내고
맞이하는
기쁨 그리고
슬픔 설렘

모두가 다
내 소중한 인연인 것을

오솔길을 걸으며

굽어있고 숨어있어
더 아름다운 길

새소리 나뭇잎 소리
맑은 울림이 있고

철마다 새 옷으로 단장하고
언제나 반갑게
반겨주는 자연

귀를 열고
바람을 느끼면
느릿느릿 생각이 맑아진다

한 걸음 한 걸음
내디딜 때마다 감사의
마음이 든다

싱그러운 공기가
시간을 우아하게
잃어버린다

우리 인생을 닮은
정겨운 오솔길
그 길을 내가 걷는다

사랑(2)

보이지 않지만
느낄 수 있어요
나의 영혼 포근하게
품어주시는 분

햇살처럼
공기처럼
숨결처럼

함께 하시며
동행하는 삶을
살게 하소서

가을과 겨울 사이
찬 바람이 붑니다

머잖아 추운 겨울이
다가오려나 봅니다

철마다 다른 얼굴로
표정을 짓는 자연

그 안에서
모든 생명을
사랑하게 하소서

마음 다스리기

환경에 따라
변화에 따라
내 마음은 함께 있다

마음에 꽃이 피면
말소리, 미소
행동이 부드러워진다

마음에 꽃이 지면
울화, 분노가
얼굴에 나타난다

모든 것은
마음에 달려있나니

늘 깨어있으리라

은빛 억새

스산한 바람 따라
은빛 날개 휘날리며
가벼운 몸짓으로
가을을 붙잡는다

여린 몸 애잔하여라
흔들리는 내 마음

갈바람 불어오면
어깨가 출렁이듯

바싹바싹 마른 맵시 마디마디
여린 슬픔
사그락사그락 울림
지는 가을 애잔타

가을과 겨울 사이

간신히
나뭇잎을 품고 있던 나무는
앙상함을
그대로 드러낸다

온몸으로
가을이었던 낙엽

계절은 하이얀
그리움을 기다리며
겨울 속으로 긴 여정을
떠나려나 봅니다

이미 예정된 이별
빈 몸으로
모조리 떨궈낸다

마음 시리게 깊어가는 가을
이제
하얀 겨울을 기다린다.

수선화

다소곳이
고결한 신비스러운 미소
해마다 잊지 않고
기쁨 안겨주는 수선화

초록 실루엣에 고매한
꽃망울

비바람 몰아쳐도
자기만의 색깔과 그윽한 향기로
눈물 한 방울 흘리지 않는다

잠시 머물다 총총 사라지는
너의 매력은 화사한
아름다움

가을 그 후

맨살 나뭇가지에
바람이 앉는지
흔들린다

힘든 매달림은
허공 같은 한숨을 쉬고

몇 잎 남지 않은 나뭇잎
휘어지다가 떨어진다

꾸역꾸역 넘어가는
하루의 해가 짧다

감국의 깊은 미소가
다소곳이 아름답다

겨울은 또 마음을
그렇게
잔잔히 두드린다

겨울나무

짧아진 하루가
점점 깊은 겨울로 간다

삭풍을 견디며
가진 것 다 내려놓고
가난한 모습으로 조용히
자기 자리를 지키는
겨울나무

추위에 떨면서
긴 침묵으로
무거운 인내로 견디는
겨울나무

차디찬 겨울을
건너야만
따뜻한 봄날이 온다는
자연의 이치를 깨닫는다

스치고 지나갈
계절 속에서 겨울 선율이
은은하게 흐른다

아름다운 마무리

어느덧 올해도
끝자락에 와 있다

연초에 세웠던
계획은 잘 이루어졌는지
뒤돌아보며

지금 내가 갖고 있는 것과
앞으로 이룰 것이 있기에
또 얼마나 행복한 일인가

새콤달콤
희망이란 푯말을 세우며

밝아오는 새 세상이
미소 지으며 다가오고 있다

살아 있음에
감사하며 겸허한
마음으로 희망의 손을 잡는다

깃털처럼
가벼운 마음으로
손 내밀며 맞이하자
아름답게

먼나무

삭막한 겨울
제주의 가로수는
붉은 열정으로
추위를 녹인다

비바람 맞고
눈보라 몰아쳐도
나무마다 붉은 열매
멋스러운 자태를 뽐낸다

멀리서 보면
꽃처럼 아름답다
붉은 보석 먼 나무

많은 사람들은
궁금해서
이름을 묻는다
- 뭔 나무예요?

그래서 그 이름은
먼 나무다

새해를 맞이하며

새해 첫날
새로운 하루
새롭게 주어진 시간

시간이라는
큰 선물을 다시 받아 안으며
또다시
새롭게 시작하는 마음

2023년 한 해를 뜨겁게 맞이한다

시작이라는 말속에는
내일의 희망을

처음이라는 말은
우리의 마음을 설레게 한다

올해 한 해도
작은 것에 만족할 줄
알면서 순간순간 감사하는
마음으로 살아가게 하소서

새해 복 많이 받으십시오
축복합니다

나목

살포시 내려앉은
햇살을 받으며 조용히
웃고 서 있는 나목

가진 것 모두 내려놓으며
가벼운 마음으로
무거운 인내로 긴 겨울을 건넌다

추운 떨림이 없다면
무엇으로 잎을 피우고
꽃을 피우겠는가

눈보라 치는
겨울이 없다면
추위에 벌벌 떠는
그 시린 마음을 무엇으로
헤아릴까?

거스르지 않고
서두르지 않고

꼼지락꼼지락
봄날이 꼭 오고야 마는지

차 한잔의 향기

어느 날
차 향기가 그리운 날
아득한 찻집에 가면
특별한 향기가 있다

넘치지도
모자라지도 않는
온유한 정으로 그리움을
담아내는
변치 않은 향기가 있다

좋은 사람들과
사랑의 정을 느끼고
따뜻한 이야기가 오간다

잠깐의 여유까지

차 한잔에는
그렇게
많은 사랑이 담겨 있다

감꽃 추억

우윳빛깔 꽃 내음
흐드러지게
후드득 떨어지는 꽃

어린 시절 배고픔에
먹어보기도 한
그 떨떠름한 맛

꽃목걸이 하나쯤
순식간에 만들어
목에 걸고 다니곤 했지

감꽃은 느지막이
초록의 잎새에 묻히면
잘 보이지 않는다

작은 꽃에서
커다란 감이 주렁주렁 열리면 신기했던
어린 시절
어디 놓치고 사는 게
감꽃뿐이랴

추억의 한 페이지를
다시금 더듬는다

박꽃

별빛을 먹고 자라면서
달빛보고 웃음 피우며
부드럽게 수줍어
피고 지는
순백의 가녀린
여인의 맵시처럼
조용한 여인같은 꽃

소박하면서도
아름다운 자태
하이얀 미소
그녀가 참 예쁘다

한낮의 어떤 아름다운
꽃보다
눈이 시리도록 우아한
자태

보고 있기만 하여도
맑아지고 사랑스럽다
닮고 싶은 아름다움이어라

두 손을 모으는 행복

내 삶을 허락하심이
얼마나 놀라운 축복인가

빈손으로 왔다가 아무것도 없는
빈손으로 돌아가는 삶

어떤 영웅호걸의 권세나 물질
떠날 때는 아무것도 없도다

이 세상 모든 것은
한순간에 사라지는 것

이제는 마음에
사랑을 품어야 하리

진실한 사랑은
마음에 울림을 준다
사랑은 행복을 만든다

이제는 그분이 기뻐하시는
삶을 살아야 한다

두 손을 모아
날마다 기도하리니
언제나 행복을 느끼며
살아가리라

햇빛 고운 날

하늘이 참 아름다운 날
차 한 잔의 여유로
오늘을 열어간다

많고 많은 사람들
날마다 새로운 날을
선물처럼 받아 든다

화려하고 거창함보다는
따뜻한 인간애가 넘치는
우리의 삶이길 소망한다

그리고
감사한 오늘을
만들어 간다

봄 그대

방긋 햇살이
고운 날

연둣빛 설렘은
수줍은 듯
봄으로 앉아 있습니다

찻잔이 전해주는
따뜻한 체온이
시린 가슴을 데워줍니다

찻잔 속에
피어나는 연둣빛 사랑
그대 고운
숨소리 마십니다

봄 그대
그리운 날은
햇살 찾아드는 창가에 앉아
한 잔의 차를 마십니다

눈 뜨는 봄

봄 향기를 품은
보슬비가 내립니다

매서운 추위를
잘 견딘 마른 가지에
꿈틀꿈틀 생명의 소리가
들려옵니다

스르르 감았던 생명이
눈을 뜨면 따스한 미소 가득

머잖아
온 대지는 파릇파릇
싱그러움으로 물들겠지요

어느덧 희망의 봄
사랑의 노래를 부르겠지요

제5부

눈 내리는 날

동백꽃

혹독한 아픔의 긴
터널을 지나며
가지마다 붉은 꽃등
환하게 밝히는 꽃

송이송이 피어난
희망의 꽃송이
온몸으로 노래한다

자연이 빚어낸 꽃 중의 꽃
추울수록 빛나는 겨울꽃

따스한 미소 돋보이는
그대는 아름다움이어라

새로움으로

한 해의 길을
다시 걸어갑니다
묵은 것과 굳어진 것을
떨치고 일어납니다

한 번뿐인 오늘을
기꺼이 맞이합니다

삶은 바로 여기,
지금 이 순간만이 존재합니다

잠시 마음만
바꾸면 세상은 달라집니다
지나간 일은
지난 일로 돌립니다

가슴 속에 용기를 품고
바로 여기, 지금 이 순간에
집중합니다

어두운 밤에
별이 빛나듯이
새로운 설렘으로 나아갑니다

새로운 것은
늘 희망으로
내게 다가옵니다

오늘도 새로운
행복을 찾아갑니다

새싹의 힘

달보드레한
바람의 몸짓을 따라
길을 나선다

겨우내 잠들었던
어린 새싹
꼬물꼬물 기지개를 켠다
세상 밖으로
아장아장 나온다

여리디 여린 새싹
생명의 경외를 느낀다

내 마음은
봄기운으로
반짝반짝 빛이 난다

움트는 새싹
봄이요 시작이다
희망이다
설렘이다

봄을 기다리며

새 생명의 싹이
힘차게 돋아난다

자연의 소리가
들리지 않는가

마음을 열고 들어보라
생명의 소리가 들린다

한겨울 언 땅을
뚫고 나오는
새싹의 힘은 위대하다

눈 내리는 날

천사의 선물처럼
눈이 내립니다

빈 가지마다
하얀 꽃 피우며
하이얀 세상

마음의 숨결이 맑아집니다

누구의
발자국인지 모를
발자국이 그려져 있습니다
겨울 운치를 더해줍니다

아직도
하이얀 눈을 보면
내 어린 순수는
동심이 되어 설렙니다

한 해가 기울고 있다

한 해가
기울어가고 있다

마지막 한 장의 달력
나뭇잎처럼 우수수 떨어져
나가는 쓸쓸하면서도
그립다

애틋한 여운이 남는다

뒤돌아보니
하루하루가 선물 같은
날들이었다

지금 내가 살아있고
하루를 살아갈 수 있음에
감사하다

우리의 삶
감사와 은혜가 넘친다
다시금 두 손을 모은다

몰입의 행복

지금 이 순간
무언가에 몰입한다는 것
얼마나 화려하고
향긋한 선물인가

순간 속에서
행복을 만들고
새로움을 만난다

세상의 모든
아름다운 것을
경험하고
인생이란
기회가 주어졌기에
감사하다

보고 느끼고
경험하며 살 수 있다는 것
축복이고
꽃처럼 향기로운 것이다

낙엽

늦가을
흔들리는 가지에서
낙엽으로
떨어지는 마음

쓸리고 덮이고

삶의 무게
내려놓으면서
인사한다
안녕!

나도
그대처럼
가볍고 싶다

내 삶의 달란트

이름 모를
풀꽃도 꽃을 피우고
열매를 맺는다

내 욕심대로 산다면
얼마나 허망하고
무의미한 삶일까

내 인생의
달란트가 얼마인지
모르지만
헛되이 살지 않게 하소서

붉은 노을이 아름답듯이
세상을 바라보는
지혜를 주시고

반석 위에 세워진
믿음으로 살게 하소서

하늘에 보화를 쌓으며
허락하신 삶 속에
이웃과 사랑을 나누며

내 안에 그분의 말씀이
삶의 거울이 되어

내 인생의 달란트가
빛나게 하소서

김영갑 갤러리 두모악

카메라의 시인
사진작가 김영갑 갤러리
무모악을 찾았다

제주가 고향이
아닌데도 불구하고
제주를 많이 사랑한
작가님

작가님의 사진을
보고 있으면

구름
안개
들판

자연의 아름다움과
신비스러움에
나도 모르게 숙연해 진다

예술의 힘이란
그런 것인지

작가님께서
들판 한가운데
서 있는 듯한 감동을 받는다

작품 활동을
못하게 되면서
폐교를 손수 개조하여
만든 갤러리

구석구석 작가님의
혼이 느껴지는 것 같았다

루게릭병으로
돌아가시기 전의
고된 삶과 철학

사진에 대한 열정과
제주 자연 사랑을
고스란히 전해져 옴을 느낀다

가을 노을

하루해가
기울기 전에
찬란한 빛은 구름의
선을 그리고

자연을
따뜻하게 감싸주며
시선을 끌어당긴다

낙엽은 살랑살랑 떨어지고

붉은 노을은
온 세상을 물들이고

하늘은
하루의 수고로움을
선물하듯이

붉은 숨결은
포근히 하루를 덮는다

쑥부쟁이의 가을

향기로운 가을
잔잔한 미소 머금고
수줍게 피어있는 그녀

하이얀 순백의 숨결과
신비스러운 연보랏빛
향기가 아름답다

가을에 욕심 없는 들꽃으로
피어난 쑥부쟁이

관심받고 싶어서
눈물이 그렁그렁

가던 길 멈추고
눈을 맞추며 가을 서정을
꼭 껴안아 봅니다

들꽃

누가 가꾸지 않아도
스스로 생명을 피워 올려

풀섶에 묻혀
무심하게 지나치면
보이지 않는 들꽃

고개를 들어
빼꼼히 내밀며
저 좀 봐주셔요
말을 걸어온다

키를 낮추며
겸손을 알게 해 주는
작고 앙증스럽고 청초한
그 애가 좋다

들꽃 순수하고
너의 조용한 숨결

그곳에
오래오래 머물러 주고 싶단다

숲길을 걸으며(2)

싱그러운
잎새를 연인 삼아
숲길을 걷는다

나뭇잎 위로 살포시
내려앉은 쨍쨍한 햇살
짙푸르게 채색한다

계절의 빛이 색칠해준
아름다운 숲

자연과 시간이 빚어낸
숲속 변주곡
웅장하다

숲길을 걸으며
마음의 먼지를 털어버리고
마음을 가볍게 비우며

영광의 칠월의 숲이
찰랑거린다

봄 마중

햇살이 참
아름다운 날

봄은
대지를 서둘러 깨웁니다
봄볕을 반기기라도 하는 듯

내 마음도
따사로운 봄볕에
산뜻해집니다

차디찬
언 땅에서
고통의 아픔 딛고 솟아나는
연둣빛 새싹들은
기쁨이고 행복입니다

내 안에는
늘 새롭게 피어나서
생기를 얻으려는
본능이 있습니다
봄으로 온 그대

긴 기다림의 반가움은
설레는 버선발로
봄 마중 나서게 합니다

고향의 봄

송홧가루 날리는 고향길
길 끝에 집 하나 덩그러니
나를 맞았다

곳곳에 묻어있는
어머니의 온도가
따뜻해서 눈물이 난다

유난히 꽃 좋아했던 어머니
건너간 그곳에서
어떤 봄꽃 피었을까

보일 듯 보일 듯 눈 감는다
어디선가 졸졸
개울물 소리 들린다

꽃을 사랑해서
꽃의 계절에 떠난 어머니

어머니의 텃밭에
흰 모란 잎이
뚝 떨어져 있다

봄이 오는 소리

부드럽고
상큼한 햇살이

침묵의 그리움을
흔들어 깨운다

언 땅 비집고
여린 생명 파릇파릇
고개를 내민다

대자연의 숨결로
피어나는
작은 설렘

봄엔
어떤 이야기들을 들려줄지
궁금하다

곧 봄의 왈츠 선율이
온 누리에
울려 퍼질 거야

봄은 겨울 속에도 있다

언 땅 녹여 부스스
꽃대를 힘껏 밀어 올리고

아픔으로
묻혔던 긴 터널을
빠져나와

사랑으로 피어난
유채꽃

노란 물감이
퍼진 듯한
유채꽃 언덕이
봄 햇살처럼 따사롭다

머지않아
온 대지에
파릇파릇 초록 되어
싱그러움으로

희망의
봄노래를 부를 거야

겨울 장미

서걱거리는
바람을 따라 길을 나섰다

어쩜 춥지도 않은가 봐
담벼락 옆에 매혹적으로
피어있는 그녀

보이지 않았지만
너의 아픔과 눈물을 보았어

하늘의 천사가 보낸
선물 같은 그녀

빨간 열정으로
추위를 녹이며
화사하게 웃는다

나도 누군가에게
선물 같은 나였으면 좋겠다

그해 봄이 그립다

겨울은 깊어가고
봄은 멀리 있는데
파릇파릇
봄을 꿈꾸며 겨울을
살고 있다

메마른 잔디 사이로
고개를 내미는 새싹

아픔을 견디며
연둣빛 생명의 멜로디

찬 서리 눈보라 속에서도
꿈을 꽃피우는 목련

이들 모두
새봄이 되면 만나리

얼굴을 내밀고 있는
모든 시간이 향기롭다

자연에서 배운 사랑과 행복의 힘

– 송미옥 시집 『자연을 담다』

최봉희(시조시인, 평론가, 글벗 편집주간)

시는 장황한 설명이 필요하지 않다. 인생의 깊은 체험에 의한, 내면에서 치솟는 멋진 가락의 시심 있을 뿐이다. 고차원적이고 오묘한 세계로 펼쳐진다.

이미 오래전부터 우리 선인들은 일정한 자연 속에 존재하는 그 자연미를 시상에 담아왔다.

송미옥 시인은 현재 제주도에서 활동하는 시인이다. 자연을 소재로 하여 다양한 시적 감수성을 활용하여 시를 쓰고 있다. '책갈피 풍경' 이라는 북카페를 운영하면서 제주도의 아름다운 자연을 노래하는 것은 물론 음악을 사랑하고 책 읽기를 즐겨한다. 그리고 매일 매일 한 편의 시를 쓰며 나누는 삶을 살아가고 있다.

이번에 첫 시집 『자연을 담다』를 발간하게 되었다. 이에 그가 쓴 100편의 시 작품을 탐독할 수 있었다. 그의 시에 담은 세계는 어떤 모습일까? 그의 작품을 살펴보자.

사랑의 눈빛이

머무는 산 정상을 오를 때
숨이 차고
버겁지만
내려오는 길은 수월하다

늘 참아야 했고
사랑해야 했다

처음에는 힘들고
어려웠지만

이제는 강물처럼 흐르고 흘러
바다쯤인가 싶습니다

모두가
나를 찾기까지의 과정이었습니다

그런 과정이 없었더라면
지금의 축복
알 턱이 없었겠지요
– 시 「사랑(1)」 전문

시인은 사랑을 자연인 산과 강물, 바다라는
소재에 빗대어 표현한다. 사랑은 산에 오를 때
의 마음처럼 힘들고 벅차다. 하지만 인내가 필
요하다고 말한다. 또한 사랑은 강물이 흘러 바
다로 가는 과정이라고 비유하면서 축복을 경
험하는 과정이라고 말한다. 다시 말해 나를 찾
은 과정이라는 것이다. 사랑을 자연에 빗대어
고통을 이겨내면 축복의 삶이 있다는 기독교

적 관점이 여실히 드러나고 있다. 그도 역시
신앙을 가진 시인이다.

자연의 손길은 창조의 손길이다. 아울러 노력
의 손길이고 인내의 손길이다.

수줍음이 많은 그녀
한낮에는 부끄러워
꽃잎을 살짝 오므리고

해가 뉘엿뉘엿 질 무렵
연지곤지 색조 화장
곱게 바르고

어여쁘다고 뽐내며
얼굴을 내민다

다양한 꽃잎
팔색조 매력을 지닌 그녀

까만 씨앗을 만드는
동안 꽃잎 여닫으며
얼마나 아플까

어둑한 밤
화사하게 꽃등 밝히고
초롱초롱 웃는다
- 시 「분꽃」 전문

분꽃을 팔색조 매력을 지닌 여인에 비유하고
있다. 아픔을 이겨내고 어둑한 밤에 피어난 분

꽃이 초롱초롱 웃는 모습을 표현했다. 다시금
기독교적 사랑과 함께 인고의 삶이 아름다움
을 밝히고 있다.

자연은 공평하고 정직하다. 아울러 자연은 거
짓말을 하지 않는다. 그 때문에 온 세상을 하
나로 만든다. 조금도 가식이 없다. 어떤 불평
도 말하지 않는다.

자연은 침묵 속에서 끊임없이 꽃을 피우고
자란다. 열매를 맺으므로 자신을 늘 새롭게 한
다. 자연의 이러한 특성 앞에서 시인은 자연을
배우자고 말한다.

아침 공기는
상큼 발랄하다

살랑살랑 스치는
바람결에 가을 향기가
묻어난다

아침 숲길을 걸으면
녹음 짙은 신록을 만난다
아침 햇살을 받으며
반짝반짝 빛난다

태양은
여름 열기를 가득 품고서
나뭇잎 사이로 스며든다

숲길 가득

풀 향기 나뭇잎 향기가
그윽하다

가을이 오는 길목이다
예쁜 단풍잎처럼
가을,
고운 빛깔로 물들고 싶다
– 시 「숲길을 걸으며(1)」 전문

　자연은 우아하다. 작으나 크나 거칠거나 약하
지 않다. 모두 우아하다. 꽃은 꽃대로, 나무는
나무대로, 산은 산대로, 숲은 숲이 지닌 그대
로, 자신만의 독특함과 분위기가 있다. 자연은
무언가를 자꾸만 감추거나 과장하지 않는다.
　시인은 계속해서 자연을 닮아가고 싶다고 말
한다. 말 그대로 시인은 자신만의 시상을 자연
스럽게 드러낸다. 자연스러움 그 자체에서 우
러나는 품위와 우아함이 있음을 깨닫고 있다.

온몸이
하나의 감각 기관이 되어
모공마다
환희를 빨아들이는 듯하다

순수한 자연과
교감하는 선물 같은 시간

자연의 숨소리가
남아있는 곳

사람들의 발길이
많이 닿지 않는 곳이라서인지

자연 그대로의
생생함을 느낄 수 있다

자연이 그려놓은
건강한 숲

푸른 자연은 언제나 옳다
– 시 「곶자왈 숲길」 중에서

시인은 자연과 교감하는 시간을 갖는다. 그
모든 온기와 생생함을 온몸으로 생생하게 느
끼고 체험하고 있다.
시인은 자연에게 친구라고 말한다. 자연도 우
리에게 친구라고 말한다. 때로는 자연이 내가
되고 내가 또 자연이 되곤 한다. 물아일체의
경지다. 이것이 이 세상을 살아가는 힘이다.

그녀가 웃는다
혹시 저 기다렸어요?

긴 겨울잠에서 깨어나
나뭇가지마다
꽃망울 터트리는 그녀

매화는
온갖 꽃이 피기도 전에

제일 먼저
수줍게 봄소식을 알린다

고고하고
그윽한 향기와 함께

예쁜 꽃을 보면 우리는
시름을 잊고 위로를 받는다

기다리지 않아도 찾아오는
봄처럼

아름다운 꽃을 바라보듯이
세상을 바라보자
- 시 「매화」 전문

  사람은 자연의 향기로 시름을 잊고 위로를 받는다. 시골에서 태어난 시인에게는 자연은 언제나 친구이면서 놀이터였다. 자연과 늘 함께 자란 탓이었을까. 자연이 있는 그대로의 아름다움과 꾸밈없는 멋진 화음으로 노래를 부른다. 이에 시인은 자연에서 위안과 용기를 얻으며 겸손을 배우기도 한다.

풀 향기 따라
길을 나서면 지천으로
널려있는 키 작은 토끼풀꽃

너와 눈 맞춤하려면
낮은 자세로

겸손한 기쁨을 배운다

잠시 스치는
행운을 잡으려 쪼그리고
앉아 눈 부릅뜨고 찾지만
보이지 않은 행운

행운 대신
행복을 한 아름 주었었지

토끼풀꽃
아련한 추억
행복이 방긋방긋 미소 짓는다
– 시 「토끼풀꽃」 전문

자연은 우리처럼 잉태하고, 태어난다. 그리고 키가 자라고, 꽃을 피우며 열매를 맺는다. 자연은 잉태와 출산, 성장의 고통, 꽃을 피우며 결실하면서 늘 겸손하다. 그리고 우리에게 삶의 지혜를 가르친다. 시인은 자연에서 겸손을 배우고 행복을 찾는다.

꽃처럼
아름다운 초록 이파리
무성한 숲을 이루고

알싸한 향기는
콧등을 간지럽히며

그 길을 걷다가 보면

설렘으로 벅차오른다

신록은 꽃이 되어
나는 행복해
– 시 「신록을 보며」 전문

우리는 자연을 가까이하면 할수록 선한 사람, 지혜로운 사람, 행복한 사람이 된다. 또한 자연에게 많은 것을 얻고 배우며 힘을 얻는다. 그 때문일까? 시인은 자연을 닮아가고 싶은 것이다. 그래서 시인은 자연은 닮고 싶은 아름다움이라고 말한다.

누구도
돌보지 않아도
길섶에 자유롭게
피어있는 들꽃

여린 가슴
하늘하늘 바람에
나부끼며

거친 대지 위에
생명을 피우는 들꽃

길을 걷다 만난
잔잔한 들꽃이 향기로
말을 건넨다

작은 생명이 주는 행복

청초하고
소박한 너의 모습
내 가슴에 가득 담는다

닮고 싶은 그대
아름다움이어라
 - 시 「가을 들꽃」 전문

 꽃잎 하나, 나무 이파리 하나에서도 수천수만 가지의 일이 일어난다. 누가 돌보지 않아도 관심을 쏟지 않아도 자연은 생명의 꽃을 피운다. 물이 흐르고 광합성 작용을 한다. 산소가 만들어지고 마침내 꽃을 피운다.
 자연은 우리에게 향기로 말을 건넨다. 시인은 들꽃처럼 그렇게 자신의 마음을 자연스럽게 그 향기를 드러내듯 들꽃처럼 살고자 한다. 그래서 시인의 글쓰기는 위대하다. 자연을 시에 담고 우주를 담는 일이기 때문이다.

그곳에 가면
넓은 정원 구석구석은
베토벤의
전원 교향곡이 흐른다

보이차를 사이에 두고
음악의 향기 그윽하다
행복의 환희가 넘친다

음악 속에서
때론 천국과 지옥을 넘나든다

찻잔 가득히 음률이
출렁거린다

삶의 희로애락을
노래한다

보이지도 만져지지도
않는 사랑처럼 음악이 흐른다

그 감동에
우리의 마음을 씻는다

너와 나의 만남은 한
영혼이다

그래서 메마르지도 않고
외롭지도 않다
 - 시 「음악의 향기를 찾아서」 전문

"만약 내가 다시 한번 살 수 있다면 적어도 일
주일에 한 번쯤은 시를 읽고 음악을 듣는 것
을 습관으로 삼을 것이다"
 찰스 다윈이 한 말이다. 이에 공감한다. 시인
이 시를 읽고 쓰는 일은 삶을 아름답게 꿈꾸
는 일이다. 더욱이 음악을 듣는 것은 삶을 찬
란하게 누린다는 것이다. 다른 이와 함께 하나
되는 기쁨을 누리는 일이다. 시를 읽으면 나와

타인을 바라보는 눈이 부드러워진다. 삶을 아름답게 누리는 것이다. 남이 만들어준 사랑과 평화, 그리고 기쁨을 누리고 즐긴다. 거기에 아름다움이 있다. 순수한 자연이 있다. 자연과 함께 하는 삶, 얼마나 멋진 일인가.

두 눈이 부시도록
파아란 하늘 아래

가녀린 몸매로
가을을 알린 여인

오늘의
눈부신 행복
함께 하는 살살이 꽃

스치는 바람결에
꽃잎이 너울너울

소녀의 순정처럼
여인은 어여뻐라

소박한
행복의 선물
다소곳한 코스모스
- 시 「살살이꽃」 전문

코스모스는 우주다. 우리가 하는 일이 작든 크든 그 안에 우주가 들어 있다. 사랑하고 집

중하면 그 속에서 삶의 지혜와 아름다움과 행복을 발견할 수 있다. 자연의 나무와 꽃은 홀로 뿌리를 내리고 홀로 선다. 스스로 가지를 뻗고 잎을 내고 열매를 맺고, 때가 되면 스스로 모든 것을 떨쳐 버린다. 아무도 알아보는 자가 없어도 자신을 알아달라고 소리치지 않는다. 오히려 속살을 키우며 스스로 존재감을 채워간다. 성숙한 삶을 사는 것이다. 시인은 자연을 배우고 닮아가려고 노력한다. 그래서 언제나 가슴으로 자연을 노래하고 자연을 가슴에 담고 있다.

온몸으로
향기를 발하며
영혼에 은은하게 퍼지는 그녀
아름다운 백합꽃

항상
기뻐하며 즐거워하며
일하지도 않고
고민도 하지 않는다

아무도 흉내 낼 수 없게
아름답게 피어난다

긴 어둠을 헤치고 빛으로
피어나는 작은 꽃 한 송이도
그분의 멋진 솜씨가
빛을 발한다

모든 영광을 그분께 돌리며
삶을 허락하심을
감사하며 살아가리라
- 시 「모든 영광을」 전문

 백합꽃은 절대자인 하나님의 창조 작품이다.
어쩌면 백합꽃은 바로 시인 자신일 수도 있다.
꽃 한 송이도 때를 따라 피어나고 꽃잎 하나
도 그냥 떨어지지 않는다. 웃음 하나도 행복
하나도 절로 나오지 않고 눈물 한 방울에도
사연이 숨어있다. 그렇게 아름답게 피어난 꽃
한 송이도 바로 절대자인 조물주의 뜻이 담긴
멋진 창조 작품이 아니던가. 그는 그 모든 것
에 감사하는 삶을 살겠다고 말한다. 그 때문에
시를 쓰면서 자연을 노래하고 음악을 듣는 것
은 아닐까?
 내가 꽃이 되어 그 안에 들어가서 노래하면
내 노래는 시가 된다. 꽃의 노래가 된다. 내가
바다가 되어 흐르면서 노래하면 바다의 노래
가 된다. 내가 바람이 되어 노래하면 바람의
노래가 되는 것이다.
 글을 쓴다는 것은 내가 그 사물이 되어 그것
의 입으로 노래 부르는 것이다.

 그 어디에도
 머물지 않고

구름 따라 흐르다가
물 따라 흐르다가

가벼운
바람이고 싶을 때가 있다

물빛 풀빛처럼
영롱한 마음으로

마음의 소리를 듣자
어차피 우리는 누구나
씨줄 날줄로 엮이며
살아가는 삶이 아닌가

내 본성의 심연을 향한
마음의 소리를 믿고 따라가자

지나고 보면 별것 아닐 터이니
바람처럼…
- 시 「바람처럼」 전문

　시적 자아는 그 어느 곳에 머물지 않는 바람
처럼 자유로운 영혼이 되고자 한다. 그리고 물
빛 풀빛을 담는 영롱한 마음으로 자연 속에서
마음의 소리를 듣고 싶은 것이다.
　평안은 내면에 있다. 바깥 환경이나 여건이
평안을 만들어주지 않는다. 어떤 소유도 명예
도 관계도 내 마음에 참 기쁨과 평안을 만들
어주지 못한다. 그런데도 우리는 환경에서 평
안을 찾으려고 노력한다. 이것은 인간의 본능

이다. 세상의 어디를 가도 조용한 곳은 결코
없다. 내 본성의 깊은 연못을 향한 마음의 소
리를 믿고 따라가야 한다. 지나고 보면 별것
아닌 삶이다. 그래서 마음을 잔잔하게 하는 것
이 중요하다. 그래야만 온 세상이 조용하다.

> 몽실몽실 가지마다
> 연분홍빛 사랑
>
> 이글거리는 태양 아래
> 붉은 꽃잎 물들어 간다
>
> 화르르
> 꽃잎이 터지더니
> 여름 내내 묵묵히
> 피고 지고 또다시 피고
>
> 온 마음 다한 열정으로
> 화사한 꽃등을 켠다
>
> 아름다운
> 목백일홍처럼
> 나도 오늘 꽃등을 밝힌다
> – 시 「배롱나무꽃」 전문

　열정적인 사랑의 배롱나무꽃, 시인은 배롱나
무처럼 꽃등을 밝히는 삶을 살고 싶은 것이다.
묵묵히 온 마음을 다한 열정으로 사랑하고 싶
은 것이다.

사랑을 품은 삶은 시인처럼 민감하고 섬세하다. 나뭇잎 하나 흔들리는 것도, 구름 한 점 흘러가는 것도, 작은 새가 노래하는 소리도 그냥 지나치지 않는다. 모두 사랑의 시가 되고, 음악이 되고, 사랑의 몸짓이 된다.

보이지 않지만
느낄 수 있어요
나의 영혼 포근하게
품어주시는 분

햇살처럼
공기처럼
숨결처럼

함께 하시며
동행하는 삶을
살게 하소서

가을과 겨울 사이
찬 바람이 붑니다

머잖아 추운 겨울이
다가오려나 봅니다

철마다 다른 얼굴로
표정을 짓는 자연

그 안에서
모든 생명을

사랑하게 하소서
– 시 「사랑(2)」 전문

 사랑할 때는 보이지 않는 것도 느낄 수 있다.
시간도 시 단위에서 분, 초 단위로 바뀌고 천
리 밖 눈빛도 한눈에 볼 수 있다. 사람들의 작
은 목소리도 또렷이 들린다. 꽃 한 송이의 몸
짓, 햇살도, 공기도, 숨결도, 자연의 모든 표정
이 행복하게 보일 것이다. 여기에 발견의 기쁨
이 있다.

　　　모든 보이는 것은
　　　모두 보이지 않는 것들로부터
　　　나온다

　　　바람처럼
　　　잡히지 않는다고
　　　아무것도 아닌 것이
　　　아니다

　　　겨우내 비밀스럽게
　　　숨어있던 생명

　　　때가 되면 싹을 틔우고
　　　꽃을 피우기 위해 바쁘다

　　　눈에 띄지 않아도
　　　부지런히 움직이고
　　　알아주지 않아도
　　　꼭 필요한

바람처럼
햇살처럼
공기처럼

신비스러운
새 생명이 움트는 소리에
귀 기울여 본다
 - 시 「생명의 소리」 전문

　아무리 깊고 혹독한 추위에도 어디에선가 조
용한 생명의 소리가 들린다. 아무리 깊고 어두
운 밤이라 해도 어디에선가 빛이 다가오고 있
다. 바람처럼, 햇살처럼, 공기처럼, 봄도 새벽
도 홀연히 생명의 소리로 들려온다. 아무리 사
납고 질긴 고통이 와도 마음의 어느 한구석에
희망이 싹트고 있다. 그 희망은 오직 기다리는
자에게만 찾아오는 법이다.
　지금껏 송미옥 시인의 시 세계를 살펴보았다.
한마디로 자연의 아름다움을 마음으로 그린
시다. 그의 삶에는 시의 저수지가 있다. 시인
에게 힘이 된 원동력이다. 시의 저수지는 힘겹
고 고통스러울 때 견디는 힘을 공급한다. 그
하나가 자연의 아름다움을 마음으로 그리고
닮으려 한다. 그것이 바로 시가 된 것이다.
　그런 의미에서 송미옥 시인은 자연을 그리는
마음의 화가다. 그 시에는 자연의 아름다움이
삶의 전체로 나타나는 것이다. 그리고 사랑을

담아서 자연을 바라보고 삶을 표현하고 있다.

     눈길
     머무는 곳마다
     겨우내 잠든 가지마다

     몽글몽글
     사륵사륵
     사랑이 피어난다

     선물처럼 빛나는
     환한 미소
     사랑스러워라

     심쿵심쿵 설레는
     생명의 환희
     신비의 봄이다
     - 시 「신비한 봄」 전문

 레이첼 카슨의 말처럼 "자연의 아름다움을 마음으로 그릴 줄 아는 사람은 인생의 어려움을 견디는 힘인 저수지를 가진 사람"인 것이다. 자연의 아름다움은 삶에 새로운 힘과 기운을 불어넣는 신비한 것이 있기 때문이다.
 서양 격언에 이런 말이 있다. "신은 우리에게 호두를 내리셨다. 그러나 그 껍데기를 까주지는 않으신다." 호두나무를 있게 한 것은 신의 영역이다. 하지만 그 껍데기를 까는 것은 우리가 해야 할 일이다.

풀 향기 따라
길을 걸었다

뜨거운 뙤약볕 아래
미세한 바람에
출렁이는 여린 가슴

누가 가꾸지 않아도
초록초록 싱그러운 웃음
까르르 바람을 탄다

여리지만
강인한 풀잎

세상에 얼굴을
내밀고 있는 가련한 생명들
내 사랑하리라
- 시 「풀잎 사랑」 전문

　신은 우리에게 자연을 주셨다. 가련한 생명이
지만 강한 힘을 지닌 자연이다. 다시 말해 우
리의 자연은 사랑과 만남의 대상으로 창조한
것이다. 조물주는 우리를 사랑하기에 신비한
자연을 창조한 것이다. 사랑하면 같이 일하고
싶고 함께 하고 싶은 법이다. 신은 우리를 사
랑과 교제의 대상으로 창조한 것처럼 인간도
자연을 사랑과 교제의 대상으로 함께 해야 한
다. 그래서 우리가 자연을 사랑해야 하는 이유다.

사랑은 또 다른 사랑을 낳는다. 사랑은 사랑을 낳으면서 지속성을 지닌다. 한 방울의 물이 냇물을 따라 강을 지나 바다가 되듯이 내 사랑도 깊어가면서 시내가 되었다가 강이 되고 결국 바다처럼 넓어져야 한다. 결론은 자연에서 배운 사랑의 힘은 행복을 가져온다는 사실이다. 송미옥 시인이 자연의 아름다움을 느꼈다면 그 안에 사랑이 있기 때문이다. 그 안에 사랑이 있기에 다 아름다운 법이다. 이렇게 사랑과 아름다움은 함께 하는 것이다. 우리가 자연을 아름답게 만나고 싶다면 그 안에 사랑을 넣으면 된다는 사실이다. 예술도 그렇고 시도 그렇다.

결국, 시를 쓸 때는 사랑하는 마음으로 써야 한다는 사실을 말하고 싶다. 자신의 삶을 아끼고 자연을 사랑하고 글을 쓰면 누구나 다 좋은 글을 쓸 수 있다. 머리가 아닌 가슴으로 글을 쓰면 좋겠다. 머리로 글을 쓰면 머리가 아프다. 하지만 가슴으로 글을 쓰면 행복한 법이다. 참으로 신비하다.

내 노력이 누군가를 기쁘게 한다는 생각으로 우리 가슴에 스며들면 그때부터는 일도 세상도 나도 즐거운 법이다. 이것이 진정 행복이 아닐까 한다.

송미옥 시인의 첫 시집의 탄생을 축하한다. 아무쪼록 자연 속에서 사는 건강하고 행복한 삶을 응원한다. 그의 건승과 건강을 기원한다.

■ 글벗시선189 송미옥 첫 번째 시집

자연을 담다

인 쇄 일 2023년 2월 28일
발 행 일 2023년 2월 28일
지 은 이 송 미 옥
펴 낸 이 한 주 희
펴 낸 곳 도서출판 글벗
출판등록 2007. 10. 29(제406-2007-100호)
주   소 경기도 파주시 와석순환로 16,(야당동)
         롯데캐슬파크타운 905동 1104호
홈페이지 http://guelbut.co.kr
E-mail juhee6305@hanmail.net
전화번호 031-957-1461
팩   스 031-957-7319
가   격 12,000원
I S B N 978-89-6533-246-6 04810